KB018119

진실한 마음으로

박종천

뱅크북

작가의 말

주제넘게 저자의 말을 덧붙이는 건 감사드릴 분들이 계셔서다.

우선 어머니, 여동생, 센터 선생님들…

정광설 선생님, 그리고 끝으로 시집을 꼭 내라고 격려해 주신 이지수 학생 간호사께 이 자리를 빌려 감사를 드린다.

그리고 한 분 더 하나님께도….

The author's words

목차

제 5 부
상처와 은혜

제1부
꿈을 꾸는 이들에게

To those who dream

내 작은 소망

나는 그리 위대하지
않을지도 모른다
그러나 최소한
나는 저 사람과
같은 세상에 사는 게 싫어
소리를 듣지 않는 삶을
살고 싶다
너무 역겹지 않게
너무 더럽지 않게
너무 추하지 않게
살수만 있다면…

기다린다는 것의 의미

때를 기다린다는 것
지금보다 더 성숙해지기를
모든 것이 변하기를
그리하여 한 치의 오차도 없이
해가 뜨기를
어둠을 뚫고서

결국 당분간은 참아야 한다는 것
울고 웃으며
좀 더 이슬을 먹고
밤하늘을 별을 보아야 한다는 것.

욕심에 관하여

우리를 기어이
불행에 빠뜨리게 될
욕심
그 욕심을 허락하는 신은 없다
이것을 허락한다면
우리도 불행해지고
세상은 혼란에 빠질 것이다
다행히 인간의 욕심을
허락하는 신은 없다.

정의와 질서

이 세상에
꼭 있어야 하는 두 가지
정의와 질서
힘이 센 쪽이 아니라
옳은 쪽이
이기기를 바라는 마음
그리고 그러한 세상.

신앙이라는 이름 하에

신앙이라는 이름 하에
합리적 판단을 버리고
맹목적 믿음을 택한 이여
그대들의 무지와
모순을 하나님이 기뻐할 거라
착각하지 말라

왜냐하면 그대들이 섬기는 건
하나님이 아니라
성경이고
그대들이 믿는 건 신이 아니라
그대들의 믿음이니라.

생명의 특성

생명의 특성이
집착이라
진정한 안식은
생명이 아니라
집착을 버리는 데서
오나니
비록 불가능하겠지만
버릴 수 있는 한
집착을 버리라.

질서에 관하여

수고한 자에게 기쁨이
돌아가고
노력한 자에게 보상이
순종한 자에게 은혜가
보다 고귀한 자에게 존경이
이 세상이 아무리 보잘것없어도
질서는 있어야 한다

살면서 소원이 있다면
질서를 발견하고
질서를 부분적이나마
완성하는 것.

고통

아무것도 아닌 인간이
하나님과 가까워지는 것도
고통 때문이라
고난이 깊으면 인생이 깊나니
고생하지 않은 자는
인생을 모른다
모든 작가가 다루어야 할
주제는 고통이니
이것이 인간을 위대하게도
초라하게도 하느니라

고통아 너는 알뜰히도
인간적이구나.

내 뜻과 하나님 뜻

내 뜻대로
되길 바라니
힘들지
그렇게 되던 안되던
아직도 인생을 몰라
결국 세상만사는
하나님 뜻대로 된다는걸…

인간쓰레기

살면서
운명에 감사하는 순간은
기적을 경험할 때 외에는
거의 없었던 나
그러나 지금
내가 인간쓰레기라는 걸
깨닫고 운명에 감사한다.

꿈을 꾸는 이들에게

여러분의 꿈을
남들이 지지하기를
기대하지 마라
여러분의 꿈에
남들이 별로
관심이 없다고
절망하지도 마라
그들은 그들 인생 살기에도
바쁘다
가슴 아파도
눈물 나도
이루어라
왜냐하면 그걸 꿈꾸었으니까.

어려움

어떤 일이 어떤 목표가
어렵다는 것은
그만큼 그 일이
가치 있는 일임을 뜻한다
극복해야 할 어려움이
없다면
그 일은 쉬운 일
그만큼 무가치한 일이다
신은 가치 있는 일에는
그만큼 어려움을
부여했기 때문이다.

마지막 시

인생을 살면서
그토록 평화를 원했건만
그대들이 진정 싸우기를
원한다면
그게 누구건 내 있는 힘껏
싸우리니
긴 말은 필요 없다
원하는 자들에게 되돌려주리니
싸우자.

산다는 것에 관하여

어떠한 삶이건
극복해야 하는 어려움이 있고
마땅히 누려야 할 즐거움이 있고
지불해야 하는 눈물도 고통도 있지만
끝없는 노력으로
하루하루 삶을 이어가는 것
그리고 끝에 무엇이 있는지
보겠다는 각오로 사는 것
그렇게 살고 그렇게 죽어가는 것
그것이 삶이다.

합리적이어야 하는 이유

합리적이어야 설득력이 있고
일이 잘 해결되며
무턱대고 감정적인 것보다
훨씬 득이다.

결국엔 옳은 분

모든 사고의 끝에
모든 우여곡절의 끝에
모든 방황의 끝에
모든 의심의 끝에
신앙이 있건 없건
우리 인간에게 한 가지가
필요하다
이 우주에는 신이 필요하며
그분은 결국엔 옳은 분일 것.

자살에 대하여

해서는 안되는 줄
알고는 있지만
누구나 한 번은
생각하는
수도 없이 생각하며
버틴 나날들
이제는 지옥 없이도
자살을 이겨낼 수 있네
그냥 좀 더 살고 싶기에…

인간의 책임

시인은 세상을
정화시킬 책임을
정치가는 사회를
개선시킬 책임을
사업가는 물건을 만들고
팔고 이윤을 극대화 시킬
책임을
목사는 종교적 책임을

그러나 우리 인간은
자기 자신이될 책임을…

차라리

차라리
죽고 싶을 때
데자뷔처럼
계속되는 악몽을 꿀 때
심장이 끊어지는
고통을 느낄 때
우리는 그때 성장한다.

돌덩이

아직 끝나지 않았을 뿐
또 한 번 쓰러졌을 뿐
또다시 일어나 싸우면
그뿐
끝까지 가면 그뿐.

제2부
한줄기 위안

A line of comfort

하나님의 뜻

아마도
이 세상에서 가장
절대적인 건 하나님의 뜻일 거다
누구도 그가 완벽함을
증명하지 못했지만
한 사람의 아름다운 사람이 있어
히틀러를 지울 수 있다면…

우리 모두는 그분의 뜻이고
이것이 우리가 사랑해야 하는 이유이다.

책임에 관하여

철학자들은
인간은 근본적으로
자신의 행위에 책임이
없음을
죄가 없음을
따라서 천국과 지옥도
있을 수 없음을
주장한다
아! 만약 천국과 지옥이
있다면 신은 끔찍한
실수를 한 것인가?
스베덴보리의 주장은
모두 헛소리인가?
우리는 비록 우리 자신을
우리 운명을 선택한 적이
없으나
다만 한 가지
이 세상에는 법칙이 있다
모든 인간은 그가 한 행동에
책임을 져야 한다는
신은 이 모순율에 근거해
천국과 지옥을 만들었고
우리는 법을 만들었다.

욕심에 관하여2

인간이 욕심에
사로잡혔을 때 보다
위험하고 괴로울 때가
없고
욕심을 버렸을 때 보다
홀가분하고
행복할 때가 없다.

날 모르는 그녀에게

진짜 마음에 드는 너
미안하다 경제적으로
너를 행복하게 해줄
능력이 안돼
너를 위해서라도
너를 포기해야겠다.

속물근성

우리 남자들은
여자를 외모로
평가한다
심히 유감이고
이건 본능이자
남자들의 윤리이고
그들의 낙이며
그들의 유일한 결점이다.

한줄기 위안

열심히 사는데
설마 벌이야 받겠어?

하나님의 뜻2

당신의 뜻을
따르겠습니다
이렇게 아름다운 게
당신의 뜻이라면…

누군가

굶주림은 음식을
외로움은 사랑을
허약함은 종교를
찾게 하나
누군가는 진리를
찾는다.

자본주의

돈을 좋아하고
돈을 사랑하고
돈이 목적이고
그러나 아무리
자본주의에 살아도
예수보다 사업가를
사랑하지 말라.

서정시

내 생애
한편의 서정시면
되리라
이 감정 이 외로움
이 슬픔
그리고…

진리

철학자들이
탐구하는 이른바
진리
그들의 높은 수준을
나는 알 도리 없으나
한 가지 아는 건
될 대로 되라 보다
더한 진리는 없다는 것.

어머니

모든 것을 포기하고
주저앉고 싶으나
내 어머니 아직
살아계시니
나 그러지 못하겠네
효도가 별거랴?
오늘 하루 열심히
살았으니
전화 한통 없어도
따뜻한 말 한마디
못해도
내 어머니 살아 있으니

아이처럼 죄짓지 말고
그녀를 그리워하리…

뜻

내 뜻대로 되기를
바라는데서 모든
문제가 생긴다
그러나 신의 뜻대로
되도록 냅두면
마음이 한결 편안해진다
어차피 그분을 이길 도리도
없지 않은가?

용기

이것 없이는
살 수가 없고
이것 없이는
죽을 수도 없고
이것 없다면
태어나지 말았어야지…

적당히

쉬운 듯 반가운듯하면서도
참 어려운 말이구나.

진실한 마음으로

고통의 의미

우리의 능력으로
그 의미를 정확히
아는 것은 불가능하고
주신 자만이 그 의미를
아시리라.

때와 기다림

세상만사 때가 있고
해도 뜰 때와 질 때가 있고
기다림이란 때를
기다리는 것이고
그 일은 그때 일어나야 한다.

고통과 본능

고통을 이겨내는 건
거의 전적으로 본능의
몫이다
그런데 문제는
본능이 내가 이런
고통까지 이겨내야 돼
하고 판단을 내렸을 때다

그럴 때는 물어봐라
안 이겨내면 어쩔 건데?

욕구불만

있는 거는 못 보고
없는 거 부족한 것만 보니
더 고통스럽고
더 불만족스럽고
욕구불만에 사로잡히게 된다

심지어 욕구불만에 자살하기
까지 한다

욕구불만에 자살하기까지 하면
거지보다 나은 게 뭐냐?

그럼 인생은 어떠한 욕구불만에도
끝까지 살 가치가 있는가?

인생이란 정말 죽지 못해 사는 건가?

도대체 왜 사는가?
나는 한 가지 답변밖에 모른다
우리에게는 아직 희망이 있다고

그러니 희망을 꿈꾸고 희망을 먹어라

나는 아직도 희망이 없는 자가
왜 사는지 이해할 수 없다.

오류

오류란
사고에 잘못이
발생하는 것이다
문제는 인간은 누구나
오류를 범한다는 것이다.

제3부
인생을 행복하게 사는 법

How to live life happily

하나님이 필요한 이유

우리는
신이 이 세상에 있는지 없는지
증명할 길이 없다

그러나 우리가 경험하는 이런저런 것들을
합리적으로 설명하기 위해
하나님이라는 개념을 필요로 하게 된다

이렇게 되면 단순히 필연적 인과관계 만으로는
도저히 설명 불가능한 여러 현상들을
설명할 수 있게 된다

예를 들면 하나님의 개입이라든지
어떤 섭리라든지

하나님을 믿건 안 믿건 자유지만
만약 믿게 된다면
자신의 경험에서 하나님의 뜻을 발견하는
지혜도 갖게 되길…

치명적 타협

돈에 관한한
치명적 타협을
하지 말라
내다 팔 것은 죄다
내다 팔되
자존심은 팔지 말라.

기독교의 좋은 점과 나쁜 점

하나님은 유일신이다
도둑질하지 말라
살인하지 말라 간음하지 말라
부모를 공경하라 거짓말하지 마라 등
좋은 많은 도덕적 교훈들 아니
명령들을 배울 수 있다

그러나 성경은 해서는 안 될 짓을 했다
그것은 과학의 영역을 침범한 것이다
그리고 스스로 명백한 모순을 범하고 있다
즉, 하나님이 우주 만물을 창조했다고 믿으면서
이 섭리를 밝히고자 노력하는 과학
그리고 과학자를 탄압한다는 것이다

사실을 말했다는 이유로.

인생을 행복하게 사는 법

하나님은 어쨌든
주시기로 마음먹은 거는 주신다
그러나 많이 바라는 자는 갖고 논다

그러니 행복해지고 싶거든 적게 바라라.

기도에 관하여

사람들은 기도를 많이 하면
좋다고 생각한다
오산이다
다 들어줄 리가 없다
그러니 기도도 소박하게 하라
결코 하나님을 뜻대로 갖고 놀려고
하지 말라.

예수님에 관하여

내가 아는 한
하나님이
예수는 신이니라
말씀하신 적이 없다.

KO패

평생 예쁜 여자
좋아했지만
한 번도 사귀어 본 적은
없다네
언젠가 기회가 올지도
모르지
하지만 지금은 아니라네
더 이상 KO 패 당하고
싶지 않다네…

자신감

이토록
감미로운 감정이
그토록 쓰디쓴 과정을
통해 생기다니…

홀로 늙어 간다는 것

나를 벗 삼아 홀로
늙어 간다는 것
참 좋은 친구지
든든해 어쩐지
웃기게 생겼어
그래 기분은 어떤가
기쁨도 슬픔도 잠시니
너무 괘념치 말게.

싸움에 지친이들에게

설혹 패한다 한들 어떠리
내 힘써 싸웠으면
설혹 지친다 한들 어떠리
힘써 싸웠으면
다만, 아직 눈물 흘릴 준비 안되었으니
조금만 버텨주게.

자장가

여보 자장가 좀
틀어주오
여보 들리지 않소
내 또 잊었구려
그대는 없다는 걸.

실패에 관하여

유감스럽게도
나는 실패에 관하여
단순한 견해를 들려
줄 수는 없다
그러나 한 가지 분명히
때로는 잘 된 것일 수도 있다.

이상하다

하나님을 열렬히
믿는 자와
하나님을 열렬히
반대하는 자가
거의 같은 주장을 할까?
인생은 살만하다는…

하나님의 음성

적게 바라라
원하는 것은 주리라
심지어 원하지 않던 것마저 주리라
성경에만 귀 기울이지 말라
나는 세상 만물을 통해 말하는 자니라

가끔 하늘을 올려다 보라
보이는 것이 전부냐?

원죄설

선악과를 따먹고
원죄를 짓고 죽음과 병이
이 세상에 오고
노동도 출산도 죄의 댓가이고

한 번뿐인 우리 인생은
죄의 결과이고 우리는 죄씻기 위해
살아야 하고

이 모든 게 성경을 액면 그대로
믿은 결과이다.

유우머

아! 파멸은 겁이 나지 않는데
경제적으로 파산할까
겁이 나는구나

파멸하면 지옥이
파산하면 무엇이 기다릴까?

해피엔딩

드라마가 인생이
해피엔딩으로 끝나야 하는 이유
그동안의 과정이 모두
그것을 위한 작업이었으니까.

모순

창도 방패를 뚫을 수 없고
방패도 창을 막을 수 없다면
하나 마나 한 짓 아닌가.

중용

적당히 해라
굳이 힘들여 지나칠 필요 없다
비록 결과가 좋아도
남는 건 후회다.

남과 여

여자와 사는 게
괴로운 이유는
덩달아 죄짓기 쉬움이라
상대가 원하니
우리 남자는
그녀를 기쁘게 해주고 싶고
또 우리도 원하니
그러나 그대여 그대가 죄를 지을 때
저 하늘에서 눈물이 떨어지느니라…

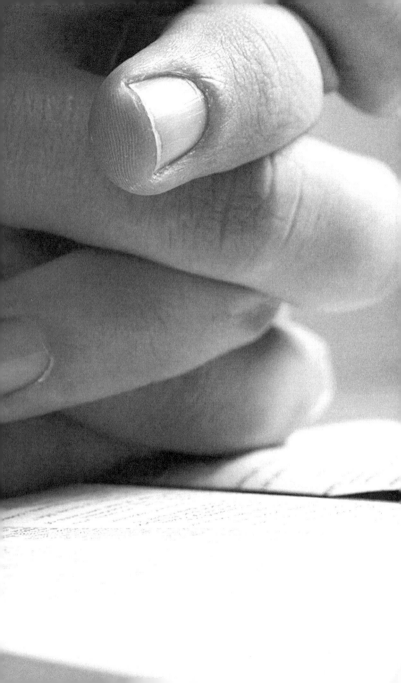

제4부
하나님께 드리는 기도

Prayer to God

완벽

.

그렇게 이상한 소리
하지 말라.

성욕에 관하여

우리는 필요 이상으로
성에 집착하는 경향을 가지고 있다
위대하나 아니나
마찬가지다
예수가 그토록 위대한 것은
꼭 십자가 때문만이 아니라
그의 초월함
즉, 성에 집착하지 않음이다
인간은 섹스하지 않고도 살수 있으며
이것이 반드시 신의 명령에
불순종함도 아니다
먹지 않으면 죽으나
섹스하지 않는다고
죽지 않음이 이를 증명한다

성교란 번식 이외에
별다른 정당성도 없는
욕망이다.

외로움

우리 모두는 본질적으로
신과 별개로 분리된 존재이다
그의 간섭과 통제도
우리의 외로움을 덜어주는데
한계가 있다
우리에게는 서로가 필요하나
유감스럽게도 우리 또한
고립되어 있다

한 번만이라도 진정한
사랑을 했다면
그걸로 족하리라…

인생의 재미

우리는 살다가
재미있는 사건을
경험하게 된다
결정된 듯
결정되지 않은듯한
사건을.

확률

확률에
누군가가 개입하는 게
가능하다는 것.

여자

이러면 어떨까
이 존재를 우리가
알려면 상상만으로는
안된다는걸.

성욕에 관하여2

이제는 말할 수 있다
원죄설을 부인하는 자는
자유로우나
성욕 그 자체는
선하지도 악하지도 않다.

님과 함께

님과 함께
평생을 살고 싶었으나
그대 먼저 떠나갔으니
남은 나는 그대를 그리며
한숨 쉴 수밖에.

미련과 집착

원하는 위치에 섰다면
미련과 집착을 버리라
안 그러면 가지고 있는
모든 걸 다 잃는다.

하나님께 드리는 기도

죄송합니다
기도드릴 줄 모르는
제가 기도를 드립니다
모든 것을 다 떠나서
쓸모없는 인간만은 되지 않게
한 번뿐인 인생
그것만은 되지 않게
당신이 정말 신이시고
나를 조금이라도 사랑하신다면
조금이라도 남에게 보탬이 되는
인생을 살게 하소서.

눈물

평생을 통해
도대체 몇 번이냐
괴로움이 극에 달한 게.

예술

예술은 돈으로
살 수 없어라
나 간디가 아니어도
내 경험 돈으로
살 수 없어라.

운명

부처님 손바닥 안의 손오공
하나님 손바닥 안의 우리들
도저히 벗어날 수 없는
운명의 굴레
때때로 미소 짓는 운명
때때로 숨 쉬게 해주는 운명
운명의 목을 조르고 싶다던
베토벤
이 단어를 모르는 자는
아직 태어나지 않은 자거나
미성숙아 뿐이다.

노력

인간으로 태어나
할 수 있는 것을 하는 것
비록 고통스럽고 힘들며
결과는 더디게 나타나도
그러나 그것이 그토록
소중하고 아름다운 이유는
결과가 거짓말하지
않기 때문.

실수

또 실수했네
인간은 누구나
실수한다고 하더니.

대충

대충이나마
하나님의 계획을
알 수 있었으면…

고통2

사람답게 사는 데는
고통이 따른다
고통은 누구나 싫지만
그렇다고 개로 살 수도 없지 않은가?

악에 관하여

이 추상적 실체에
관하여
하고 싶은 말은
힘껏 싸우되
친해지지 말라
지는 유일한 길이니까.

인간의 한계

우리는
위대한 인물의 삶에서
인간의 한계를 발견하곤 한다
그리고 곧잘 그것을
자신의 한계라고 규정짓곤 한다
분명 우리는 위대한 인물이
아닐 수 있으나
그들의 한계가 곧
우리의 한계는 아니다
우리 모두는 독특하며
때로는 그들의 한계를
부분적으로 뛰어넘을 수 있다
누구도 아무도
우리의 한계를 규정지을 수 없으며
우리가 우리의 한계를
뛰어넘을 때
그것이 비록 평범하다 할지라도
우리는 신의 품성에 녹아드는 것이다.

마지막시2

내가 어떻게 완벽할 수 있겠냐?
내가 어떻게 항상 옳을 수 있겠냐?
죄를 피하다 피하다 지치면
죄를 짓겠지
그러다 그러다 지치면 울겠지…

제5부
상처와 은혜

Hurt and grace

결핍에 관하여

인간이 느끼는 결핍은
고통의 원천이자
노력의 원동력이며
인간이 더 이상 결핍을
느끼지 않을 때
그는 무기력해지고
우울해지며 오만해진다

그러니 현실에 100% 만족하는 게
결코 좋은 것만은 아니다.

이러면 안되는 줄…

이러면 안 되는 줄 알면서도
자꾸만 주저앉고 싶을 때
그러나 그렇게 하지 않으면
죽을 것 같을 때
예수님을 기억하라
때로는 죽는 게 낫다.

가능성

가능성이란
도달될 수 있음을
가능성을 믿는
하나의 신앙이다.

슬픈 노래

세상 때 묻고
슬픈 노래 부르는 날
오지 않았으면
눈 막고 귀 막을 수 없지만
죽지 않을 정도로
순결했으면…

기적

기적은 일어난다
그러나 피눈물 나는
노력 없이는 일어나지 않는다.

인간 노릇

살면서 단 한 번도
어른이 된 후에
단 한 번도
태어난 것에 감사한 적은
없었던 적 같다
인생은 언제나 끝까지
이끌고 가지 않으면 안 될
무거운 짐이었고
두 번 다시 태어나지 않는다는
조건으로 나는 신과 타협했다
그러나 때때로
나는 너무도 인간 노릇 하기가
싫어질 때가 있다.

상처와 은혜

우리를 도와준 많은 인간들
때때로 그들이 주는 상처들
정당한 분노라는 이름 하의
공격들
100번 잘해도 한번 잘못하면
공격하는 우리들
조금 부끄럽지 않은가?

하나님의 실패작

우리가 궁금한 것은
소위 인간쓰레기들
즉, 하나님의 실패작은
왜 존재하는가?
그들이 존재하니
하나님은 무능력하거나
없는 것이 아닌가?
하는 것이다

이 질문에 대한 대답을
나는 할 수 없다
엄밀히 말하면 질문 자체가
잘못됐다
누가 왜 존재하는지는
본인만이 질문할 수 있기 때문이다.

손해

살면서
손해 좀 보고
좀 억울한 일도 겪고
그렇게 살아야지
하는 결심은
우리를 해방시켜준다.

대인배와 소인배

소인배는 작은 것에 집착하고
대인배는 큰 것을 보며
소인배는 말만 잘하고
대인배는 행동에 신경 쓴다

소인배는 주는 것보다 받는 것을 좋아하고
대인배는 받는 것보다 주는 것을 즐긴다.

순종

순종만 하면
최소한 지옥 갈 일은
없다.

체념

평생 동안
체념이라는 시를
몇 번이나 쓰는 건지
이제는 하나님 손아귀에서
벗어나는 것 포기해야겠다.

한치의 오차

하나님께 묻고 싶다
어쩌면 그렇게
한 치의 오차도 없냐고?

싸가지

좀 힘들겠지만
싸가지 없는 행동은
그리 바람직한 행동이 아니다
왜냐하면 우리는 혼자
사는 게 아니므로.

필요 이상

그것은 필요 이상이다
건강에 해롭다.

자기 표현

자기가 누구인지 안다면
알릴 필요가 있다면
때로는 표현해도 좋으리…

양심

어떤 때
우리는
양심을 따르고
어떤 때
우리는
양심을 어긴다

그러나 양심은
언제나 옳다.

죄에 관하여

우리는 모두
죄를 짓는다
하나님은 우리의
연약함을 아시고
예수님을 내려보내셨다
자유의지란
죄를 짓는데도
죄를 뉘우치는 데도
쓸 수 있다
그러나 인격이란
하나님을 대하는
태도며
우리가 비록
신성불가침이 아닐지라도
신의 성품을 조금은 닮았은즉
우리의 인격은
무언가 신성한 구석이 있다
그대 죄를 짓고 싶거든
명심하라
조금만 참으면 우리는
자유로워질 수 있다.

최후의 보루

우리가 억울한 일을
당해도
마지막 순간
최후의 보루는
누군가 아마도
하나님이 모든 걸
아시겠지
하는 위로다.

진인사 대천명

한 인간으로서
할 일을 다하고
하늘의 명을 기다리라
눈물로 뿌린 씨를
기쁨으로 거두리니
하늘을 감동시킨 자
하늘도 보답하리니
진실로 노력은
지극한 정성은
그대의 위안이 될 것이니라.

진실한 마음으로

초판 발행일 / 2020년 10월 5일

지　　은　이 / 박종천

발　행　처 / 뱅크북

출 판 등 록 / 제2017-000055호

주　　　　소 / 서울시 금천구 가산동 시흥대로 123 다길

전　　　　화 / 02-866-9410

팩　　　　스 / 02-855-9411

전 자 우 편 / san2315@naver.com

ISBN 979-11-90046-13-8 (03810)

이 책의 판권은 뱅크북에 있습니다.
뱅크북의 허락 없이는 어떠한 형태로도
이 책의 전부, 또는 일부를 이용할 수 없습니다.
잘못된 책은 바꾸어 드립니다.